paradidáticos

# Industrialização
# e Educação

*Conselho Editorial:* Claudio Jacoski (Presidente); Arlene Renk;
Mary Neiva Surdi; Nedilso Lauro Brugnera;
Odilon Luiz Poli; Ricardo Rezer; Valdir Prigol; Volnei de Moura Fão
*Coordenador:* Valdir Prigol
*Assistente Editorial:* Hilário Junior dos Santos
*Assistente Administrativo:* Neli Ferrari
*Revisão:* Arisangela Denti e Fernando R. dos Santos
*Diagramação:* Hilário Junior dos Santos
*Capa:* Hilário Junior dos Santos,
a partir de ilustrações de Mariangela Albuquerque

PUBLICAÇÕES DO CENTRO DE CIÊNCIAS HUMANAS E SOCIAIS

Diretor  *Nedilso Lauro Brugnera*

**Coordenadores**

Oeste Catarinense
(Paradidáticos)  *Elison Antonio Paim*
Cadernos do CEOM  *Marcos Schuh*
Série Interdisciplinar  *Antonio Francisco G. Zibordi*
Série Documento  *Juçara Nair Wolff*

Av. Senador Attílio Fontana, 591-E
Fone/Fax (49) 321-8000
Cx. Postal 747 CEP 89809-000 - Chapecó - SC

REITOR: Gilberto Luiz Agnolin
VICE-REITORA DE PESQUISA, EXTENSÃO
E PÓS-GRADUAÇÃO: Arlene Renk
VICE-REITOR DE ADMINISTRAÇÃO: Gerson Roberto Röwer
VICE-REITORA DE GRADUAÇÃO: Rosemari Ferrari Andreis

*Elison Antonio Paim*

paradidáticos

# Industrialização e Educação

Chapecó, 2003

Coleção Paradidáticos
Argos - Editora Universitária
UNOCHAPECÓ
Av. Atílio Fontana, 591 E - Bairro Efapi, Chapecó - SC
89809-000 - Caixa Postal 747 - Fone: (49) 321-8218
E-mail: argos@unochapeco.rct-sc.br
www.unochapeco.edu.br/argos

---

| | |
|---|---|
| 370.98164 | Paim, Elison Antonio |
| P143i | Industrialização e educação / Elison Antonio Paim. - - Chapecó : Argos, 2003. |
| | 71 p. - - (Oeste catarinense . Paradidáticos) |
| | |
| | 1. Educação - História - Chapecó. 2. Chapecó - Industrialização. I. Título. |
| | |
| | CDD 370.98164 |

---

ISBN 85-7535-041-2    Catalogação: Biblioteca Central UNOCHAPECÓ

Associação Brasileira de
Editoras Universitárias

# SUMÁRIO

Apresentação / 07

*Capítulo I*
"[...] existia todo um ufanismo [...]" / 11

*Capítulo II*
"[...] e acabava saindo outra escola [...]" / 47

*Capítulo III*
"[...] todo mundo vestiu a camisa da universidade [...]" / 57

Considerações finais / 65

Notas / 67

Referências / 71

## APRESENTAÇÃO

Este livro é uma reformulação de parte da minha dissertação *"Fala Professor(a):o Ensino de História em Chapecó- 1970-1990"* desenvolvida junto ao Programa de Estudos Pós-graduandos em História na Pontifícia Universidade Católica de São Paulo – PUC/SP.

Quando defini que iria trabalhar com o ensino de História em Chapecó, no período entre 1970 e 1990, percebi a necessidade de conhecer que Chapecó era essa. O que estava acontecendo neste município no período estudado? Nas falas iniciais das professoras apareciam alguns indícios que o município estava sofrendo profundas transformações, estava se urbanizando e se industrializando aceleradamente. Procurei, então, entender como ocorreu esta industrialização e como ela influenciou a educação. Fui procurando responder a questões como: O que mudou na cidade? O que mudou no campo? Como o chamado "milagre brasileiro" chegou até Chapecó? Para tanto fiquei atento a como os professores depoentes perceberam este processo. Como as mudanças influenciavam ou não as aulas de História? Os problemas gerados para a região Oeste de Santa Catarina, em decorrência das mudanças, foram ou não percebidos pelos professores de História? Como a industrialização contribui na expansão da rede de ensino fundamental, médio e na criação de uma faculdade? Os problemas sociais existentes em decorrência da industrialização e modernização da cidade foram discutidos em sala de aula ou ficaram do lado de fora?

Para responder às questões que se apresentavam precisei recorrer a outras fontes para além dos depoimentos dos professores. Utilizei-me de jornais, revistas, documentos oficiais de escolas e da FUNDESTE.

Como resultado destas questões acabei me embrenhando num emaranhado de relações entre o processo de urbanização, industrialização, aumento das redes de ensino e os diferentes sujeitos que vivenciaram este processo. Assim, o município de Chapecó dos anos 1970 a 1990 foi se caracterizando a partir da imprensa da época, de memórias, experiências e narrativas das depoentes. Destacam-se as mudanças ocorridas em relação às questões educacionais do período, como a expansão da rede de ensino fundamental e médio, a instalação do SENAI e do SENAC; a implantação da Fundação Educacional para o Desenvolvimento do Oeste – FUNDESTE e a criação dos primeiros cursos de graduação: Pedagogia, Estudos Sociais, Ciências Contábeis e Administração de Empresas.

No primeiro capítulo – "existia todo um ufanismo" –, abordo como foi se construindo a imagem da Chapecó "Capital do Oeste" ou da "Cidade da Rosas". No segundo capítulo – "e acabava saindo outra escola" –, destaco como diferentes sujeitos pressionavam para a ampliação da rede de ensino e o quanto o poder público foi negligente em atender essas reivindicações. E no último capítulo – "todo mundo vestiu a camisa da universidade" –, mostro como a comunidade se mobilizou para a construção da Universidade e os diferentes atores que contribuíram para a sua implantação.

# CAPÍTULO I
## "[...] existia todo um ufanismo [...]"

Chapecó, palavra originária dos indígenas *Kaingangs*, significa "de onde se avista o caminho da roça". O Município de Chapecó está localizado no Oeste do estado de Santa Catarina, no Sul do Brasil, na microrregião da AMOSC (Associação dos Municípios do Oeste Catarinense). Limita-se ao norte com os municípios de Cordilheira Alta e Coronel Freitas; ao sul com o estado do Rio Grande do Sul; a leste com os municípios de Seara, Xaxim, Arvoredo e Itá, e a oeste com os municípios de Planalto Alegre, Guatambú e Nova Itaberaba.

"***KAINGANGS***: A denominação *"Kaingang"* foi elaborada/instituída nas representações e análises acerca do grupo de Telêmaco Borba por volta de 1882, generalizando-se para a diversidade de grupos indígenas falantes de dialetos dentro de uma mesma língua, articulados pelo tronco Jê, e que se localizam territorialmente nos estados de São Paulo, Paraná, Santa Catarina e Rio Grande do Sul, assim como na Província de Missiones, na Argentina. Habitando a Região Sul/Sudeste do País – de São Paulo até o Rio Grande do Sul –, vivem em cerca de vinte e seis áreas indígenas, sendo que duas se localizam em São Paulo, onze no Paraná, quatro em Santa Catarina e sete no Rio Grande do Sul, além de acampamentos em cidades destes estados (Chapecó/SC, Porto Alegre/RS e Londrina/PR, por exemplo). Sua língua pertence – segundo a classificação etno-lingüística – à família Jê, tronco Macro Jê, que se distinguem em cinco dialetos, constituindo, populacionalmente, um dos maiores grupos de língua Jê no país, com cerca de vinte mil pessoas. Povo de organização social dualista, se organiza e se reconhece através de metades exogâmicas (kamé e kanhru) e outras subcategorias que variam segundo número e função, fundadas em sua origem mitológica, e que é hoje reconhecido e auto-identificado pela denominação *Kaingang*" (RENK, 1999, p. 77-78).

> Os **KAINGANGS**, grupo indígena que chegou na região por volta de 5.500 a. C., segundo vestígios arqueológicos encontrados na bacia do Rio Uruguai, foram os primeiros habitantes da vasta área que foi o "Velho Chapecó", praticamente todo Oeste de Santa Catarina (ROSSETO, 1989, p. 9).

Os *Kaingangs* foram os primeiros habitantes da vasta área que foi o "Velho Chapecó" – como era conhecido inicialmente, abrangia uma extensa área de terras –, praticamente todo o Oeste de Santa Catarina – "limitando-se com as fronteiras da Argentina e dos estados do Paraná e Rio Grande do Sul. Eram 14.071 quilômetros quadrados, hoje subdivididos em 50 municípios"[1].

Mesmo após sua emancipação político-administrativa em 1917, Chapecó era considerado praticamente "despovoado", pois os indígenas e caboclos, por possuírem modos de vida diferentes, não produzindo excedentes para comercialização e por não terem títulos de propriedade, eram desconsiderados. Para povoar a Região Oeste (basicamente Chapecó) e garantir a posse das terras, o governo estadual distribuiu glebas de terras "[...] aos que dominavam política e economicamente a região, e que tinham prestígio suficiente para influenciar essas concessões"(POLI, 1991; p. 69).

As empresas colonizadoras criaram mecanismos para divulgação e comercialização das terras. Foram enviados vendedores para as regiões agrícolas de colonização italiana e alemã do Rio Grande do Sul e:

> *[...] então, vinha mudança... 15, 20 mudança por dia de pessoas vindas do Rio Grande do Sul. Geralmente eram pessoas filhas de imigrantes italianos e alemães que, quando vieram para o Sul compraram pouca terra porque tinham pouco dinheiro, as famílias grandes cresciam, constituíam novas famílias. Aí tinha aberto aqui a partir de 1917 a venda de terras por colonizadoras nacionais e estrangeiras e as terras eram vendidas realmente por um preço módico, com prestações módicas e fixas. Então era fácil adquirir terras [...] eles foram se colocando e foram... vinha prá cá com a esperança de enriquecer* [2].

Os colonos que compravam as terras no Oeste Catarinense queriam que elas estivessem limpas, ou seja, sem moradores. Para a "limpeza" da região, os caboclos e os poucos indígenas que ainda viviam foram expulsos de suas terras, pois eram considerados improdutivos. Esses povos, ou foram empurrados para áreas distantes nas matas, ou para as cidades, quando não eram eliminados.

Com a vinda dos colonos, estabeleceu-se um sistema produtivo com base na pequena propriedade que, segundo dados do IBGE, ainda hoje 61,89% das propriedades são menores de 50 ha[3]. Com predomínio da mão-de-obra familiar e de cultivos diversos para comercialização.

As atividades urbanas eram poucas até os anos 50, Chapecó era um pequeno vilarejo, vivendo basicamente da exploração e comercialização de madeira (araucária), da agricultura e com um pequeno comércio. As atividades industriais eram praticamente inexistentes.

Os colonizadores dedicaram-se, principalmente, ao cultivo de milho que, devido a fertilidade do solo, havia excedente de produção, o que dificultava a comercialização. Para absorver o excedente iniciou-se a criação de suínos, os quais passaram a ser comercializados em Curitiba e São Paulo. Este comércio constituiu-se a base para a industrialização de Chapecó. Ainda nos anos 40, foi instalado o primeiro frigorífico para o abate e industrialização de suínos, com produção modesta e pequeno número de trabalhadores empregados.

Na década de 60, o Brasil passou por mudanças no campo, principalmente em decorrência da mecanização, gerando um excedente de mão-de-obra. Inicia-se aí um processo de inversão populacional, ou seja, a população brasileira passou a residir em maior número nas cidades. A busca pelos centros urbanos se dava, especialmente, pelas pessoas que procuravam emprego nas indústrias.

Na Região Oeste de Santa Catarina, mais precisamente em Chapecó, além da mecanização do campo, também a capacidade de sustento de todos os membros da família na terra tornou-se difícil. Com a constituição de novas famílias pelos filhos dos imigrantes, as pequenas propriedades passaram a não comportar todos, obrigando-os a procurar outra forma de sobrevivência: alguns migram para o Paraná, Mato Grosso... mas a grande maioria ficou na região e foi trabalhar como assalariado nas cidades.

Até o final dos anos 60, Chapecó era um pacato município, como muitos outros de Santa Catarina, com parcos sinais de industrialização. Em 1970, contava com 49.693 habitantes, sendo que 40% residiam na cidade (20.185 habitantes) e 60% na zona rural (29.508 habitantes).

Os anos seguintes foram anos de ouro para Chapecó: instalaram-se frigoríficos para industrializar aves, e os que já industrializavam suínos foram ampliados. As indústrias atraíram grande número de pessoas que vieram do campo e de outros municípios, de Santa Catarina, Rio Grande do Sul e do Paraná. Em 1978, já havia 95.000 habitantes no município, sendo que a grande maioria morava na cidade[4].

Com o crescimento populacional, decorrente do aumento do número de indústrias, aumentaram consideravelmente as necessidades de moradia, saúde, alimentação, educação, saneamento básico... Contudo, estas não se constituíram alvo de preocupação dos governantes municipais. Estes estavam preocupados, sim, em atrair o maior número possível de pessoas para mostrar, inclusive nacionalmente, que Chapecó crescia mais que qualquer cidade do país. A propaganda atraiu para o município um grande número de pessoas que não foram absorvidas pelas indústrias, em primeiro lugar, devido ao excesso de mão-de-obra, e em segundo lugar, porque a maioria das pessoas era oriunda do meio rural, portanto não-qualificadas profissionalmente.

Para dar conta deste processo de intensa industrialização e urbanização, recorri a fontes como jornais e revistas da época e falas de professoras de História. Através destas fontes pude acompanhar como foram vivenciados estes movimentos. Como a população morou, se alimentou, se educou, se comportou, se profissionalizou... e como elaborou intensas e rápidas mudanças em sua memória.

A esse processo de transformações, que era vivido no município de Chapecó a professora Beatriz apresenta sua interpretação:

> *Eu acho que aqui acontecia o mesmo que em todo o Brasil. Queriam tapar o sol com a peneira, existia todo um ufanismo...uma visão positiva das coisas, o pessoal achava que tudo tava muito bom que era... que Chapecó tava crescendo, era maravilhoso...*[5]

A euforia desenvolvimentista que acontecia no país chegou até Chapecó, convocando todos a ajudarem a "promover o progresso de sua terra e de sua Pátria"[6]. Foi realizado, por parte dos governantes, todo um trabalho para que a população acreditasse que a solução para os problemas da cidade seria a industrialização e que esta traria consigo benefícios a todos os chapecoenses.

Os ideais desenvolvimentistas foram amplamente divulgados, principalmente entre a "liderança industrial da Capital do Oeste", que previa um futuro maravilhoso se fossem seguidas as suas determinações, onde afirmavam que: "Nossa política é o trabalho; nosso lema é desenvolvimento e nosso ideal é o bem-estar social"[7].

> **CAPITAL DO OESTE** Os empresários locais passaram a ser os maiores defensores dos ideais em que estava embasada a industrialização. Vai se construindo a imagem de Chapecó como pólo regional, passando a ser codinominada Capital do Oeste, abrangendo em torno de 50 municípios, os quais, nos tempos da colonização, eram território do "Velho Chapecó".

Para entendermos o processo de industrialização e urbanização pelo qual passou Chapecó, não podemos desvinculá-lo da conjuntura que vivia o país naquele momento. O Brasil dos militares produziu um "milagre econômico" no final dos anos 60 e início dos anos 70. Fizeram o país crescer a índices nunca experimentados – mais especificamente, o governo Médici (1969-1972). Após a divulgação dos dados do censo de 1970, ficou claro que o Brasil estava:

> *[...] presidindo um 'boom' econômico, com a produção e as exportações aumentando constantemente. A euforia era a ordem do dia entre os membros do governo na medida em que os planejadores e economistas do mundo intei-*

> *ro visitavam o Brasil para conhecer o seu segredo (SKIDMORE, [s.d.], p. 284).*

Todas estas maravilhas financeiras e econômicas foram "dadas" ao povo brasileiro às custas da paz interna, onde foram silenciadas as vozes contrárias aos agentes desse processo e seus métodos. O milagre econômico ocorreu principalmente devido à internacionalização da economia, onde os países industrializados passaram a instalar suas empresas nos países "em desenvolvimento", como o Brasil. Defendia-se, na época, a idéia de que o Brasil desenvolvia-se porque "trabalha em paz e confiante no futuro que se deslumbra promissor"(SKIDMORE, [s.d.], p. 284). O futuro foi realmente promissor, mas apenas para alguns, pois a concentração de renda nesse período chegou a patamares nunca vistos até então.

No Brasil do início dos anos 70, as mudanças na agropecuária acentuavam-se, estas já vinham sendo gestadas desde a década anterior e chegava a hora de serem colocadas em prática. Estas mudanças ocorreram num sentido de privilegiar a indústria, em detrimento da agricultura e da pecuária.

> **A PRIORIZAÇÃO DA INDÚSTRIA**, segundo os industrialistas, deveria ocorrer principalmente em função do mercado externo, pois vinha ocorrendo o declínio da relação de troca entre países desenvolvidos e em desenvolvimento. O Brasil, como país em desenvolvimento, deveria produzir para exportação e, assim, competir no mercado externo, equilibrando suas relações de troca. Esta preocupação explicita-se quando o objetivo das agroindústrias instaladas em Chapecó é atingir a maior parcela possível do mercado externo.

Através de incentivos ao aumento da produção, o governo brasileiro preocupou-se em modernizar a agropecuária para exportar mais. Em visita a Chapecó, em 12 de agosto de 1970, o então ministro do planejamento, Antonio Delfim Neto, pediu aos agricultores que plantassem mais,

> *[...] buscando melhoria de produtividade, através do uso de fertilizantes, de equipamento agrícola, de sementes selecionadas, com o auxílio de crédito agrícola oferecidos pelo Banco Central e do Brasil* [8].

O discurso do governo encontrou certa ressonância entre os agricultores, muitos dos quais já vinham sofrendo certa descapitalização. Para que ocorresse a modernização/mecanização das propriedades rurais, era necessário capital para aquisição de novas máquinas, adubos, sementes selecionadas. As novas tecnologias foram empregadas na tentativa de manter as pequenas propriedades viáveis e competitivas no novo sistema. Inicialmente, apenas os agricultores que possuíssem maior capital tiveram acesso à modernização de suas lavouras. Posteriormente, o governo, preocupado em aumentar a produtividade, facilitou os empréstimos bancários aos pequenos produtores, que deram como garantia suas propriedades.

Além da modernização na agricultura, a pecuária também sofreu mudanças, principalmente a criação de aves e suínos. Aos poucos efetivou-se um novo sistema: a integração. Este sistema é baseado em "parcerias", onde o produtor deve participar com a propriedade, as instalações e a mão-de-obra, enquanto a agroindústria controla, de maneira bastante rígida toda a produção. Este sistema proporcionou, desde então, inúmeras vantagens para as agroindústrias, como: oferta de matéria-prima; eliminação da concorrência – uma empresa não compra os animais do produtor que não é seu integrado; os produtores estão totalmente incorporados e subordinados aos seus objetivos – acabou a autonomia camponesa; enfim:

> [...] *o integrado é um empregado sem carteira assinada, um peão com status de proprietário, pois ele se mantém na terra e para ser parceiro ele 'participa' com instalações, tratamento dos animais e entrega do produto (ROSSARI & MACHADO, 1993, p. 12).*

**NO SISTEMA DE INTEGRAÇÃO**, tudo está sob o controle das agroindústrias, desde a produção de pintos ou perus que, após o nascimento, são distribuídos aos criadores; toda a assistência, a produção de alimentos, medicamentos... tudo é determinado pela empresa, desde a hora em que os animais serão retirados dos galinheiros e levados para o abate. O controle chega a tal ponto que, se o produtor decidir consumir alguns animais, irá fazê-lo sem que a empresa saiba, com medo de represálias. Estrutura semelhante é empregada na criação de suínos.

Este sistema de produção trouxe alguns resultados:
1 - O aumento da produção e da produtividade, batendo seus próprios recordes constantemente. Exemplificando, um produtor de frangos consegue em menos de 50 dias mais de 20.000 kg; ou a média de sacas de milho que passou de 40 para 80 sacas;
2 - Estabeleceu-se um maior controle sobre a produção e até à própria vida dos produtores, que passaram a depender quase que exclusivamente da indústria, como na produção de aves onde a indústria é quem determina o quanto, como e quando produzir; ou ainda, os agricultores precisam comprar as sementes selecionadas para plantar, os fertilizantes, inseticidas, herbicidas... para aplicar em suas plantações;

> 3 - Ocorreu uma queda drástica dos preços dos produtos, devido ao aumento da produtividade; a oferta passou a ser maior e os preços diminuíram de valor; o preço do milho ou do frango, pagos atualmente aos produtores, é menor que 20 ou 25 anos atrás;
> 4 - A modernização aumentou a utilização de máquinas e equipamentos, ocorrendo assim um decréscimo grande no número de pessoas necessárias para trabalhar nas lavouras ou com a criação de animais.
> 5 - Beneficiou enormemente as empresas, o seu crescimento é astronômico, como por exemplo a Sadia, empresa que em poucas décadas transformou-se no maior frigorífico da América Latina: com 35.635 funcionários, 24 unidades fabris e 22 filiais comerciais em 17 estados brasileiros. Ou ainda a Cooperativa Central Aurora, que apenas na unidade de Chapecó abate diariamente 1.800 suínos, correspondendo a 200 abates/hora, produz em média 20.000 toneladas de produtos/ano. As exportações e o consumo interno permitiram um faturamento de 177 milhões de dólares em 1991 e 200 milhões em 1992 (FILIBERT, 1993, p. 9).

Em Chapecó e Região Oeste de Santa Catarina, o sistema de integração expandiu-se. Além da produção de frangos e suínos, são produzidos de modo semelhante o milho, frutas e vários outros produtos.

Como muitos agricultores não possuíam outros capitais além da terra, não conseguiram incorporar a tecnologia às suas propriedades e também não se integraram às agroindústrias. Para estes, que ficaram excluídos da modernização do campo, não restaram outras saídas a não ser buscar emprego nas cidades ou tornar-se um assalariado rural – os quais em pequeno número, se compararmos com a quantidade de pessoas que vieram para a cidade.

As mudanças que se efetivaram na agropecuária do Oeste de Santa Catarina, no final da década de 60 e início da década de 70, expandiram-se com rapidez, para além do que se planejara. Paralelamente às mudanças que estavam acontecendo no meio rural, a cidade de Chapecó também passava por profundas transformações, quer seja em nível populacional, crescimento físico, educacional, atividades comerciais, prestação de serviços... ou como apresentavam os jornais da época "a cidade estava em revolução".

Além da população rural vir para a cidade devido à modernização do campo e das novas relações de trabalho que nele desenvolveram-se, outros elementos contribuíram para a saída do homem do campo. Entre eles está o processo de fracionamento das terras pelo sistema de partilha entre os filhos, dificultando a viabilidade das pequenas propriedades. Assim, os deserdados das pequenas propriedades são impelidos à busca de novas frentes de expansão ou de novo ramo de trabalho para a manutenção das famílias (RENK, 1991).

> Ainda várias outras causas para o êxodo rural podem ser apontadas, como fez em seu depoimento Anacleto Balerini, presidente do sindicato dos Trabalhadores Rurais:
> "Em uma pesquisa realizada pelo sindicato, mostra que entre 1985 e 1988, oitocentas e cinqüenta famílias deixaram o campo, hoje sabe-se que o número é bem maior. As causas são a falta de uma política agrícola definida, voltada para a pequena propriedade, que hoje está sem técnica aprimorada, sem incentivo. Faltam novas alternativas, como por exemplo, grupos de cooperação, que seriam para os agricultor se ajudar entre si; como por exemplo, um grupo de agricultores comprarem uma trilhadeira em conjunto. Se for individual, o agricultor não pode comprar ou repor uma peça quando quebra, para isso não existe dinheiro, fica mais fácil produzir e também a resistência quando se esta unido. O grande problema é a questão agrária, não se está produzindo, o país está alimentando, dando assistência a mais pessoas do que investindo na produção. O crédito agrícola hoje não é para o pequeno. Não tem subsídios para culturas alternativas, o governo quer tirar os agricultores do campo e a cidade não absorve a mão-de-obra sem qualificação. Nos primeiros tempos os agricultores ainda agüentam porque ainda têm algum dinheiro de venda da propriedade, mas depois acabam indo para a favela. No Brasil, a cada ano produzimos menos, devido ao preço dos produtos..."[9].

Para os camponeses, alguns elementos do trabalho assalariado são considerados bons quando inevitavelmente fazem a comparação com as oportunidades e vantagens que a cidade oferece, como horário de trabalho fixo, feriados, descanso remunerado nos finais de semana, férias, salário no final de cada mês trabalhado; uma vez que, no campo, geralmente o dinheiro chega apenas na época da colheita ou quando entregam um lote de animais para o abate, sem contar com o atrativo que as cidades representam para os camponeses, em termos de educação para os filhos.

Com todos os atrativos oferecidos pela cidade e as condições de trabalho no campo, Chapecó foi se tornando, a partir dos anos 70, a principal cidade do Oeste Catarinense. Ocorreu com isso uma modernização de seu aspecto físico.

> Os índices de crescimento populacional e industrial podem ser observados no crescente número de pessoas empregadas na indústria onde, segundo estudo realizado pela FUNDESTE intitulado *Chapecó distrito industrial: Estudo de viabilidades*, Chapecó evoluiu, na década de 1960 a 1970, na ordem de 101,6% e no período de 1970 a 1974 teve uma evolução de 94, 6%, atingindo, em quatro anos, um índice quase correspondente ao da década anterior. Ou ainda, através do orçamento que em cinco anos teve uma evo-

> lução de 3.014% (em 1975 era de 16 milhões e passou para 482 milhões em 1979). Para atender as necessidades de alguns setores da população que para cá se dirigia, foi criado em 1973, o Plano de Diretrizes do Desenvolvimento Urbano, onde foram manifestadas as intenções de concentrar um grande número de pessoas na cidade, para que, assim, as indústrias tivessem mão-de-obra em abundância. Nos objetivos do plano, há a preocupação em atender as necessidades geradas pelo desenvolvimento, considerando "perspectivas do aprimoramento da função de metrópole regional doOeste Catarinense, face ao crescimento demográfico, ao desenvolvimento das atividades do setor primário e secundário, e a implantação de um sistema viário regional" (FUNDESTE, 1979).

As preocupações com o crescimento físico evidenciam-se através do Plano Diretor Urbano, onde estão estabelecidas como metas prioritárias: a habitação, assistência social, abastecimento, recreação, cultura e esportes, além da saúde pública efetuada através de entidades comunitárias, diretrizes assistenciais e núcleos comunitários.

Através de jornais e revistas locais, foram disseminados artigos que criaram expectativas e um certo mistério em torno da instalação de indústrias, como este intitulado "EU TRANSFORMAREI CHAPECÓ":

*Chapecó não sabe bem o que pensar de mim. Por um lado ele me respeita como elemento importante na comunidade, por outro ele tem certa perplexidade diante daquilo que eu faço e daquilo que eu pretendo fazer. Eu sempre fui respeitada em todos os lugares em que me fiz presente e ninguém se arrependeu de ter me recebido bem. Onde eu chego, revoluciono os homens de negócios e todos me querem. A minha presença proporcionará tranqüilidade. Enamorei-me pelos homens de Chapecó e para cá vim para ficar. Sou menor de idade ainda, mas mesmo assim não me faltam cortejos em Chapecó. Atualmente namoro 1100 pessoas das mais variadas idades e pretendo conquistar mais umas novecentas até 1972. Ficaram curiosos para saber meu nome, não é? Pois eu sou a INDÚSTRIA*[10].

O preparo para a chegada da "grande musa" também ocorreu através de atos político-administrativos, com a criação de leis especiais:

*Os incentivos do governo do estado propiciados pela lei 4226, contribuem para a formação do capital até o limite de 70% do investimento total. A lei municipal número 22/70 dá totalmente de graça o terreno, a*

> *terraplanagem, rede de energia e isenção de impostos.*

> INCENTIVOS:
> Empresas foram beneficiadas com a doação pela prefeitura de 150.000m² *de terreno destinado à Sadia Avícola, no valor de Cr$ 85.000,00; e mais 10.000m² à firma Paludo S.A. Indústria de Câmaras Frias, num valor de Cr$ 10.000,00*[11].

A partir de leis desta natureza, ocorreu a instalação da Sadia e a expansão dos frigoríficos existentes, conforme lembrou a professora Marilene em seu depoimento:

> *Sei que foi tão repentino, a gente chegou aqui (1973) a Sadia estava colocando. A SAIC já estava estruturada, mas também bem menor que é hoje. A Aurora [...] todo mundo naquela época corria dava um jeito de colocar um aviário, mais ainda que os chiqueirões. O pessoal de fora, aí quem tinha loja [...] todos eles procuravam comprar uma chácara, ter um aviário, um chiqueirão, porque se pensava que quem tivesse isso iria ficar rico em pouco tempo [...] sei que em pouco tempo aumentaram assim na área de construção, na oferta de emprego, procuraram... então, assim, o objetivo era assim crescer cada vez mais [...].*

> COM A INSTALAÇÃO DA SADIA AVÍCOLA S.A., ocorreu um processo de aceleração na quantidade de investimentos e as indústrias expandiram suas instalações, seus equipamentos, a produção e comercialização. O crescimento evidencia-se quando, inevitavelmente, somos obrigados a observar dados referentes ao número de operários empregados: por exemplo, a Sociedade Anônima Indústria e Comércio Chapecó – Saic – que, em 1967 empregava 255 pessoas e, em 1993, 4.770, assim em 1970 os operários em Chapecó eram algumas centenas e atualmente são mais de 10.000 pessoas envolvidas diretamente na produção (ROSSARI & MACHADO, 1993).

A euforia, o entusiasmo, com a instalação das indústrias centra-se na perspectiva de que todos tirariam vantagens, cada qual querendo ser mais beneficiado que os outros com as mudanças que estavam acontecendo na cidade. Assim, planejou-se uma nova cidade que atendesse aos interesses que estavam emergindo. Ou seja, os habitantes da cidade foram construindo a imagem que Chapecó teria lugar e trabalho para todos os que chegassem. Contudo, a realidade mostrou-se diferente:

> *[...] na hora de pagar os funcionários, os diretores e os empresários fechavam: - vamos*

*pagar tanto, mas não pode ser tanto a mais. E quase sempre a SADIA ficava um pouquinho a mais dos outros né? [...] Também assim ai nos integrados tinha concorrência [...] Queriam conquistar os integrados para o lado deles para ter mais produção [...] acho que a agricultura também já tava com os problemas de hoje porque muita gente começou a vender as terras e vir pra cá*[12].

Vários elementos contribuíram para o crescimento e expansão dos frigoríficos ou agroindústrias em Chapecó; primeiramente, a competição entre os próprios frigoríficos em sua fase inicial, como narrou a professora; em segundo lugar, a absorção de empresas menores, eliminando concorrentes na compra da produção dos criadores; em terceiro lugar, a aliança entre o governo do Estado e as agroindústrias; sem contar a superexploração dos trabalhadores.

> **A SUPEREXPLORAÇÃO DOS TRABALHADORES** era favorecida porque: os trabalhadores não possuíam experiência de luta; por serem desqualificados profissionalmente; por serem em grande número, gerando excedente de mão-de-obra, e ainda; pelo o sindicato estar totalmente subordinado às empresas.

> O ESTADO criou toda estrutura em recursos, mão-de-obra especializada colocada à disposição e também criou empresas estatais, como a ACARESC e a CIDASC, para desenvolver pesquisas agropecuárias e efetivar trabalhos de extensão rural junto aos produtores.

Paralelamente às mudanças que estavam acontecendo no meio rural, a cidade de Chapecó também passava por profundas transformações populacionais, crescimento físico, educacional, atividades comerciais, prestação de serviços...

### EVOLUÇÃO DA POPULAÇÃO EM CHAPECÓ

| POPULAÇÃO | 1970 | 1980 | 1990 |
|---|---|---|---|
| RURAL | 29.508(60%) | 28.499(34%) | 21.551(18,7%) |
| URBANA | 20.185(40%) | 55.269(66%) | 93.740(81,3%) |
| TOTAL | 49.693 | 83.768 | 115.291 |

Além da população rural vir para a cidade devido à modernização do campo e das novas relações de trabalho que nele desenvolveram-se, outros elementos contribuíram para a saída dos habitantes do campo. O processo de divisão das terras pelo sistema de partilha entre os filhos, dificultando a viabilidade das pequenas propriedades, resultou que os deserdados das pequenas propriedades são impelidos a buscar novas frentes de expansão ou de novo ramo de trabalho para a manutenção das famílias (RENK, 1991).

Ou ainda, como percebeu a professora Nilza: "[...] nós temos os grandes frigoríficos aqui, as pessoas pensam: - eu vou pra lá... acho que é um pólo que elas procuram: - ha! eu vou, aí eu emprego os meus filhos, eu consigo um emprego, aí a família toda vai trabalhá, vai estudá..."[13].

Já a professora Marilene apreendeu e interpretou os motivos que atraíram as pessoas para Chapecó, nos seguintes termos:

> *Naquela época eles queriam assim... tinha... tinha nos próprios livros que a gente usava, que vinha nas cartilhas [...] que a cidade tinha mais conforto [...] que era mais fácil viver, trabalhar, e que tinha mais conforto, luxo, por isso que o pessoal vinha. E também naquela época começou assim a ter... ter... como é que eu digo, uma maneira de viver, de consumir, começou a ter uma diferença muito grande [...] começou a ter um consumo, a televisão, muitas famílias começaram a adquirir televisão, aqueles programas, aquelas propagandas,*

> *então tudo levava para consumir [...] aquilo mexia com a cabeça da gente, e para adquirir aquilo então precisaria ter emprego. Começou a ter aquela do crediário [...], tinha que trabalhar. Então foi isso que trouxe muita gente do interior e de cidades pequenas [...] pra adquirir as coisas, pra ter dinheiro, quem tava no interior não tinha nada disso*[14].

Assim, a educação influenciava especialmente os filhos dos agricultores, uma vez que o ensino recebido divulgava idéias de interesse das indústrias. Era apresentada, para os agricultores, uma imagem de maravilhas, de consumo e acesso aos bens, caso morassem na cidade e trabalhassem como assalariados. A divulgação era realizada através das cartilhas que estavam formando os jovens, alvo predileto das indústrias.

Esta projeção, assim como a modernização de aspecto físico da cidade, foi apresentada pela professora Zilda em seu relato:

> *Eu cheguei aqui e me senti deslumbrada com a cidade bonita [...] Bonita, iluminada, cheia de possibilidades e gente cheia de sonhos [...] Existia um ufanismo todo, isso até trouxe muita gente pra cá e a cidade não tinha estru-*

> *tura para receber, que é este inchaço que continua, muita gente que vêm...que vêm...que vêm... achando que aqui é a galinha dos ovos de ouro, mas que não existe na verdade o trabalho que se diz e se propaga que aqui tem. Como toda cidade que cresceu demais, tem problemas de infra-estrutura, e me parece não tem muita preocupação dos governantes em resolvê isso aí, um exemplo bem típico: o esgoto, outra coisa a questão ambiental...*[15].

A cidade cresceu muito, com avenidas largas, espaçosas, bem iluminadas, atribuindo um aspecto bonito, de grandiosidade, que impressiona e seduz seus visitantes. Mas as preocupações em atender a população que aqui chegava e se instalava não produziram os efeitos esperados. Se observarmos os índices de pobreza e marginalização da população que veio para Chapecó, eles são atemorizantes. O crescimento da riqueza e da pobreza se deram proporcionalmente, como observou a professora Armia, em seu depoimento:

> *[...] as favelas se localizavam longe daqui [...] só que assim, quando menos se esperou foi um aumento muito grande de pessoas vindas de outros municípios sem recursos, aquele coitado*

> *daquele agricultor que tinha um pedacinho de terra e teve que fazer um emprestimozinho, este cresceu muito e ele teve que vendê a terra e fazê a viagem sem volta. A esperança de que aqui tivesse emprego, esperança que bastava, chegá e trabalhá, que não precisava especialização*[16].

Houve um crescimento acelerado da pobreza, que mesmo com todo assistencialismo prestado não foi possível suplantar. Conseqüentemente, as condições de vida das pessoas pobres agravaram-se cada vez mais, aumentando, dia após dia os contrastes da "cidade das rosas".

As diferenças nas condições de vida da população foram encaradas como "[...] um grande mal, um câncer mesmo, uma Biafra em pleno Oeste Catarinense, capaz de causar vergonha a qualquer ser humano válido"[17]. Estas representações sobre a pobreza foram construídas e incorporadas por aqueles que estavam incluídos nas "maravilhas" trazidas pelo crescimento industrial. Para estes, os grandes culpados por sua condição eram os próprios pobres e não o sistema de exploração e a propaganda enganosa realizada para atrair as pessoas para a cidade.

A professora Cleusa, que migrou para Chapecó em 1977, viveu as mudanças que aconteceram na cidade, as quais ela relembra:

> *De 77 pra cá, houve grandes mudanças, [...] drogas, prostituição, [...] Outro dia passei perto do CAIC, não imaginava que havia toda aquela pobreza lá. Não se vê mais só negros na favela, existem italianos e alemães, antes não se via isso...acarreta roubo, drogas[...] A gente se apavora. A prostituição, a pobreza de nossos alunos é grande. [...] As pessoas ainda acreditam que Chapecó tem emprego para todos. Essa imagem de crescimento, desenvolvimento, e até hoje, na época chamou mais a população. A 'cidade das rosas', que hoje nem tem mais rosas, e ainda passamos essa imagem nos livrinhos didáticos...*[18].

Os miseráveis, os deserdados, em 1970, eram em torno de trezentas famílias que vegetavam no dia-a-dia da mendicância, da prostituição, da promiscuídade, da fome, da doença, considerados como problema moral e de saúde pública.

Para termos idéia de alguns problemas enfrentados pelos moradores dos bairros, destaco a reportagem abaixo, quando um grupo de moradores do Bairro Universitário entregou carta com reivindicações ao prefeito, onde solicitavam:

> *[...] uma escola com cinco salas de aula; abertura de ruas e encascalhamento; eletrificação domiciliar em todo bairro; iluminação pública em todas as ruas; coleta de lixo; horta comunitária; quadra de esportes polivalente; fornecimento de água pela CASAN; campo de futebol; centro social; posto médico; casas promorar; ponto de táxi; telefone público (existia um, mas a TELESC, sem mais nem menos o retirou); um lavadouro comunitário, etc, etc*[19].

Como este bairro, vários outros foram se formando em locais sem a menor estrutura. Como pudemos observar nas reivindicações apresentadas ao prefeito, faltavam desde as condições mais elementares até o transporte para o centro da cidade ou para dirigirem-se aos frigoríficos, localizados em bairros distantes. Esta população, geralmente, era de pequenos proprietários que haviam vendido suas terras para comprar casa e terreno na cidade.

As mudanças foram vivenciadas não apenas na estrutura física da cidade, elas também ocorreram na maneira de viver das pessoas, na convivência, como relatou a professora Marilene:

> *[...] Daí essa de ter que trabalhar mais, a gente foi tendo menos tempo pra família, menos tempo pras amizades e também com essa de se cercar, de se fechar, a gente perdeu um pouco o contato com os vizinhos mais próximos [...] Também do outro lado a gente não tem mais segurança, se quiser sair no final de semana não pode mais, tem medo que a casa seja assaltada. Ficou bem mais perigoso. Ficou bem mais difícil para viver. Até a gente conseguia ganhar mais, na... na parte financeira mas, a gente perdeu... na parte afetiva, na parte da amizade, aquele ficar à vontade, a gente perdeu isso aí* [20].

Os hábitos da população antiga foram mudando com a chegada de novos moradores. Muitos valores antigos, aos poucos, foram deixados de lado. As mudanças ocorreram principalmente na questão de segurança. A criminalidade passou a preocupar as autoridades e a população. Em 1979, através de uma pesquisa policial, observou-se que "[...] a maioria dos crimes [eram] praticados por operários, agricultores, subempregados e trabalhadores desqualificados..."[21]. Os recém-chegados que não se enquadravam na estrutura urbana, não conseguiam emprego pela desqualificação, muitas vezes sobrevivendo de pequenos biscates. Passaram a ser o alvo predileto das atenções policiais.

Além da repressão aberta aos "delinqüentes", outras formas mais sutis de disciplinarização foram se instituindo, principalmente sobre mulheres e crianças. Para que estes sujeitos se adaptassem à vida urbana, as autoridades tomaram uma série de medidas.

> AS MULHERES, acostumadas às lides do campo, além do trabalho doméstico, precisavam acompanhar maridos e filhos na lavoura. Na cidade, inicialmente, não trabalhavam como operárias, ficando em casa e tendo "apenas" o trabalho doméstico. Sobrava-lhes muito tempo, geralmente gastos com visitas às vizinhas. Para as autoridades, as mulheres deveriam encontrar o que fazer. Em pesquisa sobre as condições socioeconômicas dos moradores de vários bairros, realizada pela prefeitura, foi constatado que a maioria das mulheres dos bairros eram apenas donas-de-casa. Em artigo do jornal Correio do Sul de 22 de outubro de 1977, foi publicado o resultado da referida pesquisa, onde era sugerido que as mulheres fossem "orientadas para terem uma tarefa a mais em seu próprio lar", para que a comunidade chapecoense não presenciasse o que cotidianamente era observado: estas mulheres a qualquer mo-

mento "em sua roda de amigos saboreando um bom mate e bate-papo". As sugestões prosseguem no sentido de que é importante essas mulheres pensarem no futuro, que é incerto e cheio de entraves; o destaque é para que as mulheres conheçam a realidade e não para que trabalhem fora.

Quanto às crianças desocupadas, a disciplinarização deu-se de maneira mais intensa, aberta e organizada. Para que Chapecó deixasse de estar entre as cidades catarinenses com maior índice de menores marginais, foi implantada uma coordenadoria regional da Fundação Catarinense do Bem Estar do Menor – FUCABEM –, em 27 de junho de 1977, tendo como objetivos:

> *[...] conjugar esforços do poder público e da comunidade para solução do problema do menor; realizar estudos e pesquisas; promover a articulação entre entidades públicas de desenvolvimento e organizações comunitárias e particulares; propiciar a formação o treinamento, o aperfeiçoamento do pessoal técnico e auxiliar, remunerado ou voluntário; conceder auxílio e subvenção às entidades registradas no órgão; prestar assistência técnica aos municípios de sua jurisdição; mobilizar a opinião*

*pública; colaborar em programas de desenvolvimento*[22].

A professora Cleusa, que trabalhava como monitora, contou como funcionava a FUCABEM:

> *Na época do magistério eu já trabalhava com menores de rua na CEBEM. Existia nos bairros e no centro, era uma espécie de escola para crianças carentes, ambulantes. No centro era um casarão velho em frente à rádio Chapecó; a dona Iolanda que dirigia. Reuníamos as crianças até às dez horas e de tarde até às quinze e trinta, servia lanches e depois iam para o trabalho que era acompanhado... lá procuravam trabalhar várias coisas, trabalhos manuais. Eram só meninos, na época não se via meninas de rua. Nos bairros eram meninos e meninas, onde ensinavam desde higiene* [23].

Com a criação da FUCABEM, as "pessoas de bem" de Chapecó conseguiram ficar mais tranqüilas, diminuiu consideravelmente o número de menores que perambulavam desocupados pelas ruas limpas e belas do centro e dos bairros próximos. As crianças eram recolhidas pela polícia e encaminhadas aos Centros de Triagem – CEBEMS –, existentes em alguns bairros e no centro.

Em 1979 foram atendidas cerca de mil crianças, as quais eram "educadas". A educação oferecida a estas crianças era para discipliná-las e formá-las para o trabalho. Existia na FUCABEM a preocupação em qualificar estas crianças como mão-de-obra que atendesse as exigências do mercado de trabalho.

Várias entrevistadas, ao referirem-se às mudanças ocorridas em Chapecó a partir do incremento industrial dos anos 70, lamentaram que o crescimento e as mudanças ocorreram apenas nos aspectos físicos da cidade.

> *[...] eu acho que aqui, em termos de cultura, aqui deixa muito... muito a desejar, falta... falta alguma coisa [...] a cultura ela não acompanhou esta evolução, [...] O progresso cultural como eu te falei não tá acompanhando o progresso econômico [...] o progresso econômico ele tá além né? E o progresso cultural ele deixa a desejar um pouco. [...] a educação, o esporte, tudo né tem que acompanhá, não adianta só o crescimento econômico, o cultural deixar a desejar não pode...*[24].

A referência é em relação ao pequeno número de eventos culturais que ocorrem na cidade, entendendo cultura enquanto atividades artísticas, educacionais, esportivas..., ou cultura como sinônimo de civilização, ou seja, enquanto "um estado realizado de desenvolvimento, que implica processo histórico e progresso".

> **O CONCEITO DE CULTURA** foi sendo construído historicamente através de vários significados, como cultivo; civilização; como sinônimo de artes, literatura, religião; como social, antropológico; como superestrutura ou simples idéias determinadas pela economia; como todo um modo de vida, como um processo social constitutivo (WILLIAN, 1979, p. 19).

Ao ser implementado este modelo de desenvolvimento que privilegiou os aspectos físicos e econômicos, em detrimento dos aspectos subjetivos da população chapecoense, impôs-se um determinado modelo cultural que atendesse aos interesses do grupo que estava incluído e, assim, relegando os demais. Estas imposições tornam-se compreensíveis quando entende-se cultura como um sistema de valores, como possibilidade de interiorização de experiências sociais, como modo de luta por valores e práticas.

THOMPSON, em crítica aos autores marxistas, especialmente a Althusser, que trabalharam apenas com o que era mensurável, aspectos como os valores, o subjetivo, não eram importantes, ficaram relegados a condição de superestrutura, sem maiores reflexões, propõe interpretarmos a sociedade a partir das experiências, pois, homens e mulheres "também experimentam sua experiência como sentimento e lidam com esses sentimentos na cultura, como normas, obrigações familiares e de parentesco, e reciprocidades como valores ou (através de formas mais elaboradas) na arte ou nas convicções religiosas [...] isto significa exatamente não propor que a 'moral' seja alguma 'região autônoma' da escolha e vontade humanas, que surge independentemente do processo histórico. Essa visão da moral nunca foi suficientemente materialista, e daí ter freqüentemente reduzido essa formidável inércia - e por vezes essa formidável força revolucionária - a uma ficção idealista carregada de desejo. Pelo contrário, significa dizer que, toda contradição é conflito de valor, tanto quanto um conflito de interesse; que em cada 'necessidade' há um afeto, ou 'vontade', a caminho de se transformar num 'dever' (vice-versa); que toda luta de classes é ao mesmo tempo uma luta a cerca de valores..." (THOMPSON, 1981, p. 180-201).

# CAPÍTULO II
## "[...] e acabava saindo outra escola [...]"

Simultaneamente às medidas disciplinares em relação àqueles que eram excluídos das maravilhas geradas pelo crescimento da "cidade das rosas", ameaçando a paz, a ordem e o sossego, buscaram-se formas para atender as necessidades daqueles que haviam sido eleitos para desfrutar os benefícios desenvolvimentistas.

Nesse sentido, priorizaram-se medidas com vistas à formação dos jovens como: escolas de ensino técnico, a ampliação da rede de ensino de primeiro e segundo graus e a criação de uma universidade.

Foi preciso formar professores, pois, como conta Marilene:

> *Quando eu vim pra cá, já era difícil, faltavam muitos professores. Tinha só uma escola que era o Bom Pastor que formava professo-*

> *res, e a cidade já começava a crescer, então tinha muitos substitutos [...].*

Em 1970, Chapecó e a Região Oeste de Santa Catarina apresentavam um *déficit* educacional muito grande, quer em termos de rede física, quer em profissionais especializados. Nas poucas escolas existentes, era grande o número de professores não-habilitados, principalmente nas escolas rurais, onde qualquer pessoa que tivesse estudado quatro ou cinco anos era convidada a ser professor da comunidade. Na zona urbana, por sua vez, os professores, quando habilitados, haviam cursado o Normal[25].

Procurando resolver o problema, a Secretaria dos Negócios do Oeste, em conjunto com o MEC e Instituto Nacional de Estudos Pedagógicos (INEP), construiu, em 1969, o Centro de Treinamento do Magistério Primário, para capacitar os professores que já estavam atuando e não possuíam habilitação.

> **A SECRETARIA DOS NEGÓCIOS DO OESTE** foi uma espécie de sucursal do palácio do governo do estado, a qual deveria administrar e executar, em nome do governador, as questões políticas e administrativas referentes à região Oeste de Santa Catarina; sua principal função traduziu-se em executora de obras. Durante toda sua existência, esta secretaria foi um

> cabide de empregos para os apadrinhados políticos de quem estivesse governando o estado. Em alguns momentos teve maior expressão, em outros, inclusive, chegou a ser desativada.

Nesse sentido, também foram tomadas medidas pela Secretaria Estadual de Educação, que em 1970 implantou o Plano Estadual de Educação e, para tanto, os professores do 1º ao 2º grau passaram por cursos de aperfeiçoamento[26]. Mesmo após a criação da Fundação Educacional para o Desenvolvimento do Oeste – FUNDESTE – que passou a formar professores, e também o grande número de professores que migraram para Chapecó, especialmente a partir dos anos 80, formados em universidades do Rio Grande do Sul e outras universidades de Santa Catarina, em 1990, o percentual de professores não-habilitados continuava elevado: 15% na rede estadual, 24% na rede municipal e 20% na rede particular[27].

> **PLANO ESTADUAL DE EDUCAÇÃO SERÁ IMPLANTADO EM SC NO ANO LETIVO DE 1970.**
> "[...] nas 120 escolas existentes em Chapecó a nível primário (municipais e estaduais), lecionam 303 professores, dos quais 103 são normalistas de curso superior e os restantes dos demais níveis [...] o ensino médio de nosso município apresenta as seguin-

tes características: temos em Chapecó nove cursos que funcionam em quatro estabelecimentos, com um total de 1706 alunos matriculados, dos quais 1399 freqüentam o primeiro ciclo e cursos ginasiais; 307 alunos freqüentam o segundo ciclo (comercial e científico 195 e, normal 2º ciclo 112)... Em todos os cursos lecionam 100 professores, dos quais 2 com curso técnico, 11 diplomados pelas faculdades de Filosofia, Ciências e Letras, e os restantes com outras graduações" (FOLHA D'OESTE, fev. 1970).

Referindo-se à expansão da rede física de ensino, a professora Beatriz narrou que:

*Quando uma escola inchava demais, começava haver uma pressão, primeiro em nível de escola, e acabava saindo outra escola; as vezes com um pouco de atraso. Mas eu acho que a questão do espaço físico não é a pior... não é o pior problema... não tem sido o pior problema. [...] E, é claro que aproveitando as escolas à noite, que não é o certo, não é o normal pedagogicamente, sempre se fez isso, se aproveitou todos os espaços em todos os períodos. [...] tinha até espaço ocioso alguns anos atrás nas escolas e depois foi aumentando [...] só que os diretores sempre davam um jeito de acomodar, socavam alunos, de repente isso até nem tinha repercussão*[28].

Para que houvesse a expansão do número de escolas, era preciso que a população pressionasse, cobrasse das autoridades a construção de novas unidades. Contudo, a construção de mais escolas ou novas salas – em muitos bairros são insuficientes até hoje, evidenciando-se os reais interesses em educar a população. Era importante que tivesse acesso à escola apenas o número de pessoas suficiente para atender as necessidades das indústrias.

A maneira de agir dos diretores, escondendo a insuficiência de vagas, reflete sua conivência e compromisso com aqueles que lhes colocam nos cargos e não com a educação, quando para "solucionar" o problema passaram a oferecer vagas à noite, criando turnos intermediários. Muitas vezes, alunos que deveriam estar estudando durante o dia eram matriculados no noturno. Em relação a isso, a professora Cleusa descreve:

> *Na época houve problemas graves com a criação de escolas de quinta a oitava à noite. Crianças de dez, onze anos estudando à noite junto com adultos, com pais de família. A população que vinha do interior para trabalhar, todos precisavam trabalhar para sobreviver. Quinta a oitava à noite! Criancinhas de dez, onze anos criaram uma série de problemas,*

*drogas, a escola vigiada pela polícia, uma miscelânea de crianças e pais de família... começou a despencar*[29].

### SITUAÇÃO DA REDE ESCOLAR NO MUNICÍPIO DE CHAPECÓ

| | N. DE PROFESSORES | | | N. DE ALUNOS | | |
|---|---|---|---|---|---|---|
| ANO | 1972 | 1978 | 1994 | 1972 | 1978 | 1994 |
| Pré-Esc. | - | 3 | - | - | 253 | - |
| 1a.- 8a. | 124 | 139 | 183 | 10.829 | 15.971 | 29.888 |
| 2o. G. | 2 | 3 | 12 | 896 | 1.522 | 3.404 |
| TOTAL | 126 | 145 | 195 | 11.725 | 17.746 | 33.292 |

Analisando os dados da tabela, podemos apreender que nestes vinte e poucos anos ocorreu um crescimento muito grande, tanto no número de professores, quanto no número de alunos matriculados no primeiro e, principalmente, no segundo grau, que era, até então, praticamente inexpressivo.

O crescimento da rede escolar atendeu a necessidade de dar o mínimo de instrução para parte da população chapecoense. Assim, foram atendidas as exigências empresariais de ter mão-de-obra mais instruída, e não mais educada, principalmente se observarmos o percentual de alunos matriculados no primeiro grau em detrimento do segundo grau.

Com o aumento de salas de aula, surgiu a necessidade de maior número de professores, que foram contratados independentemente de qualificação, como registra o depoimento a seguir:

> *[...] quanto a prédios, aumentou bastante, agora... sei lá... o nível de ensino, a qualidade do ensino, não sei. Acho que não, porque a gente vê assim professores com bastante dificuldade, mais do que a gente. Dificuldade assim de conversar, de trabalhar, de ensinar que estão trabalhando. Vêem de fora aí e não têm emprego, não conseguem emprego em outros setores e acabam caindo na educação; a maioria das escolas têm professores desse tipo aí. Então, eu acho que a escola perdeu muito, a educação perdeu muito com profissionais* [30].

Além da escolarização mais formal, também era preciso qualificar a mão-de-obra para a indústria e o comércio. Neste sentido, foram criadas unidades do SENAI, SENAC, SESC e SESI, todas amplamente incentivadas pelo poder público, conjuntamente com os maiores interessados nos lucros que viriam em decorrência do melhor preparo de seus funcionários.

O SESC foi instalado em janeiro de 1979. A participação do poder público municipal foi decisiva através da Secretaria de Educação e Promoção Social, a qual designou uma funcionária para realizar cursos que, posteriormente, implantou a unidade em Chapecó. Evidenciam-se as preocupações em satisfazer o comerciário, para que, assim, trabalhasse melhor e gerasse mais lucros. O SESC em Chapecó mostrou a que veio e sua importância. Hoje, está muito bem instalado em ampla sede onde são oferecidos vários cursos aos comerciários e a seus familiares, além de várias atividades esportivas e recreativas.

> **O INTERESSE DO SESC** era colaborar com o comércio, o que evidencia-se em seus objetivos: "Planejar, executar medidas que contribuam para o bem estar social e a melhoria do padrão de vida dos comerciários e suas famílias; prevê o aperfeiçoamento moral e cívico da coletividade, através da ação educativa que, partindo da relação social do país, exercita os indivíduos e grupos para a adequada e solidária integração numa sociedade democrática[...]" (JORNAL OESTÃO, 10/11/1978).

Quanto ao SENAC, suas preocupações foram, desde sua instalação, no sentido de formar pessoas melhor qualificadas tecnicamente para atuarem nas atividades comerciais. Na implantação, em 1977, desta agência formadora de mão-de-obra especializada, também houve grande participação da prefeitura municipal, através da Secretaria de Indústria e Comércio, que cedeu sala e uma funcionária. Atualmente, o SENAC funciona em sua sede própria, oferecendo vários cursos relacionados com a formação técnico-profissional de pessoas que desenvolvem ou venham a desenvolver atividades relacionadas ao comércio ou serviços.

O órgão para formação profissional que veio para suprir as maiores necessidades de mão-de-obra qualificada foi o SENAI, com a premissa de que "[...] o homem continua sendo a medida de todas as coisas, a medida principal do progresso brasileiro. A sofisticação industrial está em função do ser humano e melhor qualidade dele depende".

> SENAI: A MELHOR INDUSTRIALIZAÇÃO AINDA DEPENDE DO HOMEM
> Criada em 05/12/1974, a agência de treinamento do SENAI desenvolveu suas atividades inicialmente no prédio da antiga prefeitura. Em 1975, a prefeitura municipal doou uma área inicial de 12.000 metros e em 1977 outra área, totalizando 19.581 metros de terreno para a construção das instalações da escola do SENAI, que foi inaugurada em 13/04/1978, para, assim, segundo o jornal Correio do Sul de 22 de abril de 1978, "amenizar a carência de mão-de-obra qualificada, a qual é um dos obstáculos ao crescimento de nossa região"; ou ainda, segundo o estudo de viabilidades realizado pela FUNDESTE em

> 1979: "formar e aperfeiçoar trabalhadores adultos de empresas e aspirantes a emprego do setor secundário; formação e aperfeiçoamento de pessoal de supervisão e gerência de empresas industriais; formação de jovens e adolescentes já engajados na formação ativa do trabalho ou aspirante ao ingresso imediato no processo produtivo; formação de auxiliares técnicos, mediante convênio de intercomplementaridade com estabelecimentos de ensino de segundo grau".

# CAPÍTULO III
# "[...] todo mundo vestiu a camisa da universidade [...]"

O problema da pouca qualificação dos professores, em parte, começou a ser resolvido com a criação da faculdade, inicialmente com os cursos de Pedagogia e Estudos Sociais:

> *[...] Os que tinham mais graduação tinham o magistério, era muito [...] Aqui não tinha faculdade, e os daqui não saiam para fazer, por isso, quando se criou a faculdade aqui, a maioria dos alunos eram professores que já eram efetivos e procuraram fazer esses cursos, a Licenciatura Curta e a Plena. Naquela época não era fácil conseguir uma vaga, os vestibulares eram disputados, eu sei que no meu curso tinha 496 alunos para 50 vagas, para Estudos Sociais, e para Pedagogia era bem mais...*[31].

Com a criação da Faculdade, houve preocupação, por parte dos professores, em realizar cursos para o seu aperfeiçoamento. De certa forma, a preocupação com a formação dos professores começou a ser despertada por agentes externos à educação – os empresários – bem como pela necessidade de melhor formação de profissionais em outras áreas, para ajudar o desenvolvimento da "capital do Oeste".

A professora Armia, que foi aluna da FUNDESTE e acompanhou o processo de criação, instalação e funcionamento inicial, contou como percebeu esse processo:

> *O seu Plínio de Nês [...] vinha sempre visitar os alunos no Bom Pastor e no São Francisco. Aí ele disse: - vocês estão terminando o segundo grau, quem pode ir para o Rio Grande do Sul? [...] gente, se vocês me ajudam nós vamos fazer uma campanha e trazer uma faculdade pra cá. E a gente topou, as meninas do terceiro ano do Magistério do Bom Pastor e os meninos do terceiro ano de Contabilidade do São Francisco. Então nós fizemos campanha na rua [...] Então, o comércio e a indústria entraram com dinheiro e os demais com o movimento ajudando, servindo. Era uma coisa que o seu Plínio queria, não só ele, era uma necessidade, houve participação da comu-*

> *nidade... era muito... muito rígido o negócio, tinha que... quase não tinha livro, tinha que chegá, tinha que preparar [...] pegaram profissionais liberais, mas todo mundo vestiu a camisa da universidade... não teve quem não ajudou...*[32].

O senhor Plínio de Nês, que em 1970 estava à frente da Secretaria dos Negócios do Oeste, exerceu influência direta sobre aproximadamente quarenta municípios do Oeste de Santa Catarina.

Além de político habilidoso, Plínio de Nês era um empresário com interesse principalmente no crescimento de sua empresa, o Grupo Chapecó, que na época era basicamente o frigorífico. Homem de negócios e político, tinha clareza da importância de uma universidade para o desenvolvimento da região, principalmente para formar mão-de-obra qualificada.

Para alcançar seus objetivos, o Secretário do Oeste passou a defender a criação da universidade para a "Capital do Oeste" e os municípios que estavam sob sua influência. Em reunião com os prefeitos da região, prontificou-se a liderar o movimento pela criação da Universidade, colocando a Secretaria dos Negócios do Oeste como a parte mais interessada. Evidencia-se, neste processo, a desvinculação dos professores/intelectuais da região, que foram comunicados através da imprensa sobre a criação uma universidade. Após os acertos políticos,

> [...] *tão logo a notícia chegue ao conhecimento dos meios intelectuais, temos a certeza, passará a ser encarada como garantia de que o Oeste possuirá escolas superiores em breve tempo*[33].

Um ano após a instalação oficial, foi lançada campanha pública para arrecadar dinheiro para implementação definitiva da FUNDESTE. Houve um envolvimento de vários setores da sociedade. O jornal Folha D'Oeste (03/07/1971) registrou que o destaque maior foi dado aos

> [...] *empresários que subscreveram doações em favor da Fundação Universitária do Oeste, sabem estarem, simplesmente fazendo um investimento de alto valor social e educacional, pois, têm consciência de que o grande momento brasileiro é o de integração da Universidade-Empresa-Comunidade.*

Com muita festa, em ato solene, foi instalada às dez horas do dia quatro de julho de 1970, na presença de autoridades municipais, estaduais, prefeitos e vereadores de todos os municípios do Oeste de Santa Catarina, a Universidade para o Desenvolvimento do Oeste – FUNDESTE. A universidade deveria ser mantida com recursos federais, estaduais e dos quase quarenta municípios da região que comprometeram-se em destinar 1% de seus orçamentos. Inicialmente, funcionou no prédio do seminário diocesano de Chapecó. A partir de 1976, passou a funcionar no prédio do antigo hospital psiquiátrico, que foi doado pela Secretaria Estadual em 1972.

Com o reconhecimento e autorização pelo Conselho Estadual de Educação, o primeiro vestibular ocorreu no início de 1972, para o curso de Pedagogia, com uma turma vespertina e uma noturna. No segundo semestre de 1972, o diretor deu entrada no Conselho Estadual de Educação com o pedido de criação de mais três cursos nas cadeiras de Português, Matemática e Estudos Sociais. O pedido foi elaborado com base na seguinte justificativa:

> *O Oeste é atualmente um potencial com aproximadamente 800 mil habitantes, havendo necessidade de maior número de cursos superiores [...] na região existem apenas 3 professo-*

*res de Matemática, 6 de Língua Nacional e de Ciências Sociais* [34].

Além dos cursos regulares para formação de professores nas áreas referidas acima, a FUNDESTE realizou, em 1972, através de convênio com a Secretaria Estadual da Educação, cursos de Licenciaturas de Primeiro Grau em regime intensivo. Foram selecionados 134 alunos das regiões educacionais de Concórdia, São Miguel do Oeste e Chapecó. Os cursos causaram muita euforia, pois as três regionais possuíam apenas 4,4% de professores licenciados em Matemática, 4,9% em Português e nenhum legalmente habilitado em Estudos Sociais[35].

A professora Marilene, que acompanhou de perto a criação destes cursos, descreveu porquê foram criados e como funcionaram:

> *[...] naquela época, naquela década foi assim, parece que virou moda as escolas básicas na cidade, nos bairros e no interior. E, quando só tinham professores de primeira a quarta efetivos, então a solução foi formar professores daqui. Formaram em curso intensivo. Não sei se chegaram a durar um ano. Era de manhã, à tarde e à noite, e daí as aulas eram inter-*

> rompidas durante uma semana para que os professores estudassem, e, num ano, se habilitaram em Licenciatura Curta...[36].

Como a preocupação dos fundadores da FUNDESTE era formar mão-de-obra especializada para as indústrias e atividades afins, em 1973 começaram a funcionar os cursos de Administração de Empresas e Ciências Contábeis. Os novos cursos passaram a responder às necessidades dos municípios da região. Através de pesquisa realizada pela própria instituição, ficou evidente a "[...] absoluta carência de profissionais a nível superior capazes de responder ao processo de mudança social que se verifica nessas áreas do Estado"[37].

Na perspectiva de corresponder às expectativas da região, em 1979, a FUNDESTE criou o curso Técnico em Agropecuária, no município de São Carlos. Em 1978 foi encaminhado ao Conselho Estadual de Educação o pedido de criação de um curso de Direito. Na década de 80 foi criado, e funcionou, dentro da própria instituição, o curso Técnico em Carnes e Derivados, freqüentado basicamente por funcionários dos frigoríficos de Chapecó e região. Atualmente, existe um curso de Técnico em Segurança do Trabalho.

Nos anos 90, a FUNDESTE juntou-se com outras duas Fundações Educacionais: FEDAVI e FUOC que deram origem à Universidade do Oeste de Santa Catarina - UNOESC. Em 2002, o campus de Chapecó separou-se da UNOESC, dando origem a uma nova universidade, a Universidade Comunitária Regional de Chapecó - UNOCHAPECÓ.

## CONSIDERAÇÕES FINAIS

A cidade cresceu enormemente em prédios, em construções luxuosas; tornou-se a "cidade do progresso" que os "grandes senhores" estufam o peito para dizer que construíram. Só que, os "grandes senhores" não dizem, e não querem que seja dito, que muitos daqueles que ajudaram e ajudam esta cidade ser grande estão totalmente excluídos de todas as benesses do crescimento. Embora os grandes senhores não queiram perceber, aqueles que em 1970 formavam "[...] um grande mal, um câncer mesmo, uma Biafra em pleno Oeste Catarinense, capaz de causar vergonha a qualquer ser humano válido"[38] também cresceram tanto que hoje são muitas "Biafras", ou seja, muitas favelas que continuam crescendo dia após dia.

Conheci Chapecó na fala de professores que experimentaram e viveram nesta cidade, fazendo-se professores de História. Através de suas vivências, experiências e memórias que foram remexidas, bem como através de jornais e revistas dos anos 70 e 80, foi possível visualizar como o processo e a industrialização de Chapecó desencadeou necessidades de escolarização da população provocando/exigindo a criação de escolas e da universidade. Pude verificar como a educação em Chapecó e região foi vinculada ao processo de industrialização, como muitas das decisões foram tomadas por interesses externos aos educadores e como estes, durante o período estudado, foram meros executores de projetos e idéias que não eram seus.

# NOTAS

1. Cf. Jornal Diário Catarinense de 25/08/1993, em Suplemento Especial sobre Chapecó, p. 6.

2. Depoimento da professora Armia Luvisa em entrevista em 30/11/95. Chapecó - SC.

3. Plano Municipal de Educação de Chapecó, 1991, p. 08.

4. Conforme estudo elaborado pela FUNDESTE em 1979, para viabilização da instalação de um distrito industrial em Chapecó. No mesmo estudo constam dados que em 1978, a população urbana estava na faixa de 72.000 habitantes.

5. Depoimento da professora Beatriz Berta em entrevista em 28/11/95. Chapecó - SC.

6. CELEIRO CATARINENSE. n. 7, dezembro de 1971. Esta revista semestral foi editada em Chapecó por um grupo de profissionais liberais como médicos, bioquímicos, veterinários, agrônomos e jornalistas, durante os anos 70, tendo como objetivo, segundo seu editorial, o seguinte: "Celeiro Catarinense focaliza assuntos de interesse regional, destacando a produção agrícola, a

indústria e o comércio, a pecuária e a agricultura, o cooperativismo e o sindicalismo".

7. CELEIRO CATARINENSE, n. 7, dez. 1971.

8. CELEIRO CATARINENSE, n 5, out. 1970.

9. BALERIN, Anacleto. Entrevista em 27/11/95. Chapecó - SC.

10. CELEIRO CATARINENSE, 1971, p. 25.

11. CELEIRO CATARINENSE, 5/10/1970.

12. Depoimento de Marilene Marchiori em entrevista em 28/11/95. Chapecó - SC.

13. Depoimento de Nilza Cansian em entrevista em 30/11/95. Chapecó - SC.

14. Depoimento de Marilene Marchiori em entrevista em 28/11/95. Chapecó - SC.

15. Depoimento de Zilda Ceretta em entrevista em 29/11/95. Chapecó - SC.

16. Depoimento de Armia Luvisa em entrevista em 30/11/95. Chapecó - SC.

17. FOLHA D'OESTE, 07/02/1970, referindo-se aos moradores do bairro São Pedro. *Biafra*: (Golfo de), nome dado durante a tentativa de secessão à província oriental da República Federal da Nigéria (cap. Enugu). Povoada principalmente por ibos cristãos, fortemente discriminados pelas populações islâmicas do norte e do sudeste, predominante hauçás, que promoveram um massacre de 10 mil a 30 mil ibos em 1966. Em 1967, o governo nigeriano resolveu adotar uma divisão administrativa de base étnica, criando 12 Estados. A região leste, sob comando do tenente coronel Odumegu Ojuru, proclamou-se então independente, formando a República de Biafra,

imediatamente invadida por tropas nigerianas, dando início a uma guerra civil feroz. A região foi bloqueada e, impedidos de receber qualquer ajuda externa, milhões de biafrenenses foram dizimados pela fome. A guerra só terminou em janeiro de 1970, com a capitulação de Biafra e o fim de sua efêmera autonomia (Grande Enciclopédia LARROUSE CULTURAL. São Paulo: Nova Cultural, 1995, vol 4, p. 760).

18. Depoimento de Cleusa Rossi em entrevista em 28/11/95. Chapecó - SC.

19. Extraído de matéria publicada no Jornal Diário da Manhã, em 1979 (sem data precisa).

20. JORNAL OESTÃO, 1979.

21. Depoimento de Marilene Marchiori em entrevista em 28/11/95. Chapecó - SC.

22. FOLHA D'OESTE, 24/06/1978.

23. Depoimento de Cleusa Rossi em entrevista em 28/11/95. Chapecó - SC.

24. Depoimento de Marilda Bordignom Straher.

25. Curso de nível médio para a formação de professores com habilitação para o ensino fundamental (1ª a 4ª série). Em Chapecó, no período estudado, havia duas escolas, uma pública e uma particular, que ofereciam este curso: o Colégio Estadual Bom Pastor e a Escola Cenecista Ilma Rosa de Nês.

26. FOLHA D'OESTE, fev. 1970 (sem data precisa).

27. Cf. Plano Municipal de Educação de Chapecó, Prefeitura Municipal, 1991, p. 22.

28. Depoimento de Beatriz Berta em entrevista em 28/11/95. Chapecó - SC.

29. Depoimento de Cleusa Rossi em entrevista em 28/11/95. Chapecó - SC.

30. Depoimento de Marilene Marchiori em entrevista em 28/11/95. Chapecó - SC.

31. Depoimento de Marilene Marchiori em entrevista em 28/11/95. Chapecó - SC.

32. Depoimento de Armia Luvisa em entrevista em 30/11/95. Chapecó - SC.

33. FOLHA D'OESTE, 25/03/1970.

34. FOLHA D'OESTE, dezembro de 1971.

35. FOLHA D'OESTE, 11/10/1972.

36. Depoimento de Marilene Marchiori em entrevista em 28/11/95. Chapecó - SC.

37. JORNAL DE SANTA CATARINA, 14/10/1972.

38. FOLHA D'OESTE, 07/02/1972.

# REFERÊNCIAS

FILIMBERTI, Anabela C. de Barba et al. **Condição da mulher operária: caso da Cooperativa Central Oeste LTDA**, 1993. Monografia (Conclusão do Curso de História) UNOESC-Chapecó.

PLANO MUNICIPAL DE EDUCAÇÃO DE CHAPECÓ. Versão preliminar. Prefeitura Municipal de Chapecó, 1991.

POLLI, Jaci. CABOCLO: Pioneirismo e Marginalização. **Cadernos do CEOM**. n. 7, Chapecó: FUNDESTE 1991, p. 69.

RENK, Arlene. **Questões sobre a migração urbana e o êxodo rural em Chapecó**. Chapecó, 1991. (mimeografado).

RENK, Arlene. **Migrações**. Série Paradidáticos. Chapecó: Grifos,1999, p.77-78.

ROSSETO, Santo. Síntese Histórica da Região Oeste. **Cadernos do CEOM**, n. 1 - Re-edição, Chapecó-SC, FUNDESTE, 1989, p. 9.

SKIDMORE, Thomas. **Brasil de Castelo a Tancredo**. Rio de Janeiro: Paz e Terra. [s.d.].

THOMPSON, Eduard P. O Termo ausente: experiência In: **A Miséria da Teoria**. Rio de Janeiro: Zahar Editores, 1981.

WILLIANS, Raymond. **Marxismo e Literatura**. Rio de Janeiro, Zahar Editores, 1979.

## Jornais e Revistas

FOLHA D'OESTE, Atividades da FUCABEM. 24/06/78.

FOLHA D'OESTE. Estudantes em Praça Pública para que a Universidade abra suas portas. 03/07/1971.

FOLHA D'OESTE. Fundeste coloca mais 134 alunos no ensino superior. 11/10/1972.

FOLHA D'OESTE. Oeste um potencial. dez. 1971.

FOLHA D'OESTE. Plano Estadual de Educação será implantado em SC no ano letivo de 1970. fev. 1970.

FOLHA D'OESTE. Plínio Assumiu a Liderança do Movimento Universidade. 25/03/1970.

FOLHA D'OESTE. Um quadro desolador, um desafio aos chapecoenses. 07/02/1970.

JORNAL DE SANTA CATARINA. Noventa Vagas de Pedagogia no Oeste. Florianópolis 14/10/1972.

JORNAL DIÁRIO DA MANHÃ. Bairro Universitário: Moradores apresentam reivindicações ao prefeito. 1979.

JORNAL OESTÃO. Criminalidade em Chapecó preocupa autoridades. 1979.

Revista CELEIRO CATARINENSE, n. 5, outubro de 1970.

IMPRESSÃO:

**GRÁFICA EDITORA Pallotti**
IMAGEM DE QUALIDADE

Santa Maria - RS - Fone/Fax: (55) 222.3050
**www.pallotti.com.br**
*Com filmes fornecidos.*